Gröls Verlage

„BÜCHER SIND WIE FALLSCHIRME. SIE NÜTZEN UNS NICHTS, WENN WIR SIE NICHT ÖFFNEN."

Gröls Verlag

Redaktionelle Hinweise und Impressum

Das vorliegende Werk wurde zugunsten der Authentizität sehr zurückhaltend bearbeitet. So wurden etwa ursprüngliche Rechtschreibfehler *nicht* systematisch behoben, denn kleine Unvollkommenheiten machen das Buch – wie im Übrigen den Menschen – erst authentisch. Mitunter wurden jedoch zum Beispiel Absätze behutsam neu getrennt, um den Lesefluss zu erleichtern.

Um die Texte zu rekonstruieren, werden antiquarische Bücher von Lesegeräten gescannt und dann durch eine Software lesbar gemacht. Der so entstandene Text wird von Menschen gegengelesen und korrigiert – hierbei treten auch Fehler auf. Wenn Sie ebenfalls antiquarische Texte einreichen möchten, finden Sie weitere Informationen auf www.groels.de

Viel Freude bei der Lektüre wünscht Ihnen das Team des Gröls-Verlags.

Adressen
Verleger: Sophia Gröls, Im Borngrund 26, 61440 Oberursel
Externer Dienstleister für Distribution & Herstellung: BoD, In de Tarpen 42, 22848 Norderstedt

Unsere „Edition | Kleine Klassiker“ versammelt über hundert unbestrittene Klassiker der Weltliteratur in einem ästhetisch anspruchsvollen und handlichen Format.

Die Gröls-Klassiker-Editionen gehören heute mit ungefähr tausend Werken zu den größten Sammlungen klassischer Literatur im deutschen Sprachraum. Wir kultivieren und kuratieren damit einen der wertvollsten Bereiche der abendländischen Kultur. Kleine Auswahl:

Francis Bacon • Neues Organon • **Balzac** • Glanz und Elend der Kurtisanen • **Joachim H. Campe** • Robinson der Jüngere • **Dante Alighieri** • Die Göttliche Komödie • **Daniel Defoe** • Robinson Crusoe • **Charles Dickens** • Oliver Twist • **Denis Diderot** • Jacques der Fatalist • **Fjodor Dostojewski** • Schuld und Sühne • **Arthur Conan Doyle** • Der Hund von Baskerville • **Elisabeth von Österreich** • Das Poetische Tagebuch • **Friedrich Engels** • Die Lage der arbeitenden Klasse • **Ludwig Feuerbach** • Das Wesen des Christentums • **Fitzgerald** • Zärtlich ist die Nacht • **Flaubert** • Madame Bovary • **Theodor Fontane** • Effi Briest • **Robert Musil** • Über die Dummheit • **Edgar Wallace** • Der Frosch mit der Maske • **Jakob Wassermann** • Der Fall Maurizius • **Oscar Wilde** • Das Bildnis des Dorian Grey •

Mark Twain • Huckleberry Finns Abenteuer und Fahrten • **Anton Tschechow** • Die Möwe • **Ludwig Tieck** • Der gestiefelte Kater • **Feuerbach** • Das Wesen des Christentums • **Fitzgerald** • Zärtlich ist die Nacht • **Flaubert** • Madame Bovary • **Theodor Fontane** • Effi Briest • **Robert Musil** • Über die Dummheit • **Edgar Wallace** • Der Frosch mit der Maske • **Jakob Wassermann** • Der Fall Maurizius • **Oscar Wilde** • Das Bildnis des Dorian Grey • **Mark Twain** • Huckleberry Finns Abenteuer und Fahrten • **Anton Tschechow** • Die Möwe • **Ludwig Tieck** • Der gestiefelte Kater • **Jonathan Swift** • Gullivers Reisen • **Robert Louis Stevenson** • Die Schatzinsel • **William Shakespeare** • Othello • **Arthur Schopenhauer** • Die Kunst, Recht zu behalten • **Felix Salten** • Bambi • **Platon** • Der Staat • **Arthur Schnitzler** • Traumnovelle • **Friedrich Schiller** • Wilhelm Tell • **Karl May** • Winnetou • **Franz Kafka** • Der Prozeß • Platon • Verteidigungsrede • **Jules Verne** • Reise nachdem Mittelpunkt der Erde • **Leo Tolstoi** • Auferstehung • **August Strindberg** • Inferno • **Julius Stinde** • Familie Buchholz • **Wilhelm Raabe** • Die schwarze Galeere • **Friedrich Nietzsche** • Götzendämmerung • **Gotthold Ephraim Lessing** • Emilia Galotti *und viele weitere Werke….*

Oscar Wilde

Das Gespenst von Canterville

Als Mr. Hiram B. Otis, der amerikanische Gesandte, Schloß Canterville kaufte, sagte ihm ein jeder, daß er sehr töricht daran täte, da dieses Schloß ohne Zweifel verwünscht sei.

Sogar Lord Canterville selbst, ein Mann von peinlichster Ehrlichkeit, hatte es als seine Pflicht betrachtet, diese Tatsache Mr. Otis mitzuteilen, bevor sie den Verkauf abschlossen.

„Wir haben selbst nicht in dem Schloß gewohnt," sagte Lord Canterville, „seit meine Großtante, die Herzogin-Mutter von Bolton, einst vor Schreck in Krämpfe verfiel, von denen sie sich nie wieder erholte, weil ein Skelett seine beiden Hände ihr auf die Schultern legte, als sie gerade beim Ankleiden war. Ich fühle mich verpflichtet, es Ihnen zu sagen, Mr. Otis, daß der Geist noch jetzt von verschiedenen Mitgliedern der Familie Canterville gesehen worden ist, sowie auch vom Geistlichen unserer Gemeinde, Hochwürden Augustus Dampier, der in King's College, Cambridge, den Doktor gemacht hat. Nach dem Malheur mit der Herzogin wollte keiner unserer Dienstboten mehr bei uns bleiben, und Lady Canterville konnte seitdem des Nachts häufig nicht mehr schlafen vor lauter unheimlichen Geräuschen, die vom Korridor und von der Bibliothek herkamen.“

„Mylord,“ antwortete der Gesandte, „ich will die ganze Einrichtung und den Geist dazu kaufen. Ich komme aus einem modernen Lande, wo wir alles haben, was mit Geld zu bezahlen ist; und ich meine, mit all unsern smarten jungen Leuten, die Ihnen Ihre besten Tenöre und Primadonnen abspenstig machen, daß, gäbe es wirklich noch so etwas wie ein Gespenst in Europa, wir dieses in allerkürzester Zeit drüben haben würden, in einem unserer öffentlichen Museen oder auf dem Jahrmarkt.“

„Ich fürchte, das Gespenst existiert wirklich,“ sagte Lord Canterville lächelnd, „wenn es auch bis jetzt Ihren Impresarios gegenüber sich ablehnend verhalten hat. Seit drei Jahrhunderten ist es wohlbekannt, genau gesprochen seit 1584, und es erscheint regelmäßig, kurz bevor ein Glied unserer Familie stirbt."

„Nun, was das anbetrifft, das macht der Hausarzt gerade so, Lord Canterville. Aber es gibt ja doch gar keine Gespenster, und ich meine, daß die Gesetze der Natur sich nicht der britischen Aristokratie zuliebe aufheben lassen."

„Sie sind jedenfalls sehr aufgeklärt in Amerika," antwortete Lord Canterville, der Mr. Otis' letzte Bemerkung nicht ganz verstanden hatte, „und wenn das Gespenst im

Hause Sie nicht weiter stört, so ist ja alles in Ordnung. Sie dürfen nur nicht vergessen, daß ich Sie gewarnt habe."

Wenige Wochen später war der Kauf abgeschlossen, und gegen Ende der Saison bezog der Gesandte mit seiner Familie Schloß Canterville. Mrs. Otis, die als Miß Lucretia R. Tappan, W. 53 ste Straße, New York, für eine große Schönheit gegolten hatte, war jetzt eine sehr hübsche Frau in mittleren Jahren, mit schönen Augen und einem tadellosenProfil. Viele Amerikanerinnen, die ihre Heimat verlassen, nehmen mit der Zeit das Gebaren einer chronischen Kränklichkeit an, da sie dies für ein Zeichen europäischer Kultur ansehen; aber Mrs. Otis war nie in diesen

Irrtum verfallen. Sie besaß eine vortreffliche Konstitution und einen hervorragenden Unternehmungsgeist. So war sie wirklich in vieler Hinsicht völlig englisch und ein vorzügliches Beispiel für die Tatsache, daß wir heutzutage alles mit Amerika gemein haben, ausgenommen natürlich die Sprache. Ihr ältester Sohn, den die Eltern in einem heftigen Anfall von Patriotismus Washington genannt hatten, was er zeit seines Lebens beklagte, war ein blonder, hübscher junger Mann, der sich dadurch für den diplomatischen Dienst geeignet gezeigt hatte, daß er im Newport Casino während dreier Winter die Françaisen kommandierte und sogar in London als vorzüglicher Tänzer galt. Gardenien und der Adelskalender waren seine einzigen Schwächen. Im übrigen war er außerordentlich vernünftig. Miß Virginia E. Otis war ein kleines Fräulein von fünfzehn Jahren, graziös und lieblich wie ein junges Reh und mit schönen, klaren blauen Augen. Sie saß brillant zu Pferde und hatte einmal auf ihrem Pony mit dem alten Lord Bilton ein Wettrennen um den Park veranstaltet, wobei sie mit anderthalb Pferdelängen Siegerin geblieben war, gerade vor der Achillesstatue, zum ganz besonderen Entzücken des jungen Herzogs von Cheshire, der sofort um ihre Hand anhielt und noch denselben Abend unter Strömen von Tränen nach Eton in seine Schule zurückgeschickt wurde. Nach Virginia kamen die Zwillinge, entzückende Buben, die in der Familie, mit Ausnahme des Herrn vom Hause natürlich, die einzigen wirklichen Republikaner waren.

Da Schloß Canterville acht Meilen von der nächsten Eisenbahnstation Ascot entfernt liegt, hatte Mr. Otis den Wagenbestellt, sie da abzuholen, und die Familie befand sich in der heitersten Stimmung. Es war ein herrlicher Juliabend, und die Luft war voll vom frischen Duft der nahen Tannenwälder. Ab und zu ließ sich die süße Stimme der Holztaube in der Ferne hören, und ein buntglänzender Fasan raschelte durch die hohen

Farnkräuter am Wege. Eichhörnchen blickten den Amerikanern von den hohen Buchen neugierig nach, als sie vorbeifuhren, und die wilden Kaninchen ergriffen die Flucht und schossen durch das Unterholz und die moosigen Hügelchen dahin, die weißen Schwänzchen hoch in der Luft. Als man in den Park von Schloß Canterville einbog, bedeckte sich der Himmel plötzlich mit dunklen Wolken; die Luft schien gleichsam stillzustehen; ein großer Schwarm Krähen flog lautlos über ihren Häuptern dahin, und ehe man noch das Haus erreichte, fiel der Regen in dicken, schweren Tropfen.

Auf der Freitreppe empfing sie eine alte Frau in schwarzer Seide mit weißer Haube und Schürze: das war Mrs. Umney, die Wirtschafterin, die Mrs. Otis auf Lady Cantervilles inständiges Bitten in ihrer bisherigen Stellung behalten wollte. Sie machte jedem einen tiefen Knicks, als sie nacheinander ausstiegen, und sagte in einer eigentümlich altmodischen Art: „Ich heiße Sie auf Schloß Canterville willkommen.“ Man folgte ihr ins Haus, durch die schöne alte Tudorhalle in die Bibliothek, ein langes, niedriges Zimmer mit Täfelung von schwarzem Eichenholz und einem großen bunten Glasfenster. Hier war der Tee für die Herrschaften gerichtet; und nachdem sie sich ihrer Mäntel entledigt, setzten sie sich und sahen sich um, während Mrs. Umney sie bediente.

Da bemerkte Mrs. Otis plötzlich einen großen roten Fleck auf dem Fußboden, gerade vor dem Kamin, und in völliger Unkenntnis von dessen Bedeutung sagte sie zu Mrs. Umney: “Ich fürchte, da hat man aus Unvorsichtigkeit etwas verschüttet.“

„Ja, gnädige Frau,“ erwiderte die alte Haushälterin leise, „auf jenem Fleck ist Blut geflossen.“

„Wie gräßlich!“ rief Mrs. Otis. „Ich liebe durchaus nicht Blutflecke in einem Wohnzimmer. Er muß sofort entfernt werden.“ Die alte Frau lächelte und erwiderte mit derselben leisen, geheimnisvollen Stimme: „Es ist das Blut von Lady Eleanore de

Canterville, welche hier auf dieser Stelle von ihrem eigenen Gemahl, Sir Simon de Canterville, im Jahre 1575 ermordet wurde. Sir Simon überlebte sie um neun Jahre und verschwand dann plötzlich unter ganz geheimnisvollen Umständen. Sein Leichnam ist nie gefunden worden, aber sein schuldbeladener Geist geht noch jetzt hier im Schlosse um. Der Blutfleck wurde schon oft von Reisenden bewundert und kann durch nichts entfernt werden."

„Das ist alles Humbug," rief Washington Otis, „Pinkertons Universal-Fleckenreiniger wird ihn im Nu beseitigen"; und ehe noch die erschrockene Haushälterin ihn davon zurückhalten konnte, lag er schon auf den Knieen und scheuerte die Stelle am Boden mit einem kleinen Stumpf von etwas, das schwarzer Bartwichse ähnlich sah. In wenigen Augenblicken war keine Spur mehr von dem Blutfleck zu sehen.

„Na, ich wußte ja, daß Pinkerton das machen würde“, rief er triumphierend, während er sich zu seiner bewundernden Familie wandte; aber kaum hatte er diese Worte gesagt, da erleuchtete ein greller Blitz das düstere Zimmer, und ein tosender Donnerschlag ließ sie alle in die Höhe fahren, während Mrs. Umney in Ohnmacht fiel. „Was für ein schauderhaftes Klima!“ sagte der amerikanische Gesandte ruhig, während er sich eine neue Zigarette ansteckte."Wahrscheinlich ist dieses alte Land so übervölkert, daß sie nicht mehr genug anständiges Wetter für jeden haben. Meiner Ansicht nach ist Auswanderung das einzig Richtige für England."

„Mein lieber Hiram," sprach Mrs. Otis, „was sollen wir bloß mit einer Frau anfangen, die ohnmächtig wird?"

„Rechne es ihr an, als ob sie etwas zerschlagen hätte, dann wird es nicht wieder vorkommen", sagte der Gesandte; und in der Tat, schon nach wenigen Augenblicken kam Mrs. Umney wieder zu sich. Aber es war kein Zweifel, daß sie sehr aufgeregt war, und sie warnte Mr. Otis, es stände seinem Hause ein Unglück bevor. „Ich habe mit meinen eigenen

Augen Dinge gesehen, Herr,“ sagte sie, „daß jedem Christenmenschen die Haare davon zu Berge stehen würden, und manche Nacht habe ich kein Auge zugetan aus Furcht vor dem Schrecklichen, das hier geschehen ist.“ Jedoch Herr und Frau Otis beruhigten die ehrliche Seele, erklärten, daß sie sich nicht vor Gespenstern fürchteten, und nachdem die alte Haushälterin noch den Segen der Vorsehung auf ihre neue Herrschaft herabgefleht und um Erhöhung ihres Gehaltes gebeten hatte, schlich sie zitternd auf ihre Stube.

Der Sturm wütete die ganze Nacht hindurch, aber sonst ereignete sich nichts von besonderer Bedeutung.

Am nächsten Morgen jedoch, als die Familie zum Frühstück herunterkam, fanden sie den fürchterlichen Blutfleck wieder unverändert auf dem Fußboden. „Ich glaube nicht, daß die Schuld hiervon an Pinkertons Fleckenreiniger liegt," erklärte Washington, „denn den habe ich immer mit Erfolg angewendet – es muß also das Gespenst sein." Er rieb nun zum zweitenmal den Fleck weg, aber am nächsten Morgen war er gleichwohl wieder da. Ebenso am dritten Morgen, trotzdem Mr. Otis selbst die Bibliothek am Abend vorher zugeschlossen und den Schlüssel in die Tasche gesteckt hatte. Jetzt interessierte sich die ganze Familie für die Sache. Mr. Otis fing an zu glauben, daß es doch allzu skeptisch von ihm gewesen sei, die Existenz aller Gespenster zu leugnen. Mrs. Otis sprach die Absicht aus, der Psychologischen Gesellschaft beizutreten, und Washington schrieb einen langen Brief an die Herren Myers & Podmore über die Unvertilgbarkeit blutiger Flecken im Zusammenhang mit Verbrechen. In der darauffolgenden Nacht nun wurde jeder Zweifel an der Existenz von Gespenstern für immer endgültig beseitigt. Den Tag über war es heiß und sonnig gewesen, und in der Kühle des Abends fuhr die Familie spazieren. Man kehrte erst gegen neun Uhr zurück, worauf das Abendessen eingenommen wurde.

Die Unterhaltung berührte in keiner Weise Gespenster; es war also nicht einmal die Grundbedingung jener erwartungsvollen Aufnahmefähigkeit gegeben, welche so oft dem Erscheinen solcher Phänomene vorangeht. Die Gesprächsthemata waren, wie mir Mrs. Otis seitdem mitgeteilt hat, lediglich solche, wie sie unter gebildeten Amerikanern der besseren Klasse üblich sind, wie z. B. die ungeheure Überlegenheit von Miß Fanny Davenport über Sarah Bernhard als Schauspielerin; die Schwierigkeit, Grünkern- und Buchweizenkuchen selbst in den besten englischen Häusern zu bekommen; die hohe Bedeutung von Boston in Hinsicht auf die

Entwicklung der Weltseele; die Vorzüge des Freigepäcksystems beim Eisenbahnfahren; und die angenehme Weichheit des New Yorker Akzents im Gegensatz zum schleppenden Londoner Dialekt. In keiner Weise wurde weder das Übernatürliche berührt noch von Sir Simon de Canterville gesprochen. Um elf Uhr trennte man sich, und eine halbe Stunde darauf war bereits alles dunkel. Da plötzlich wachte Mr. Otis von einem Geräusch auf dem Korridor vor seiner Türe auf. Es klang wie Rasseln von Metall und schien mit jedem Augenblick näher zu kommen. Der Gesandte stand sofort auf, zündete Licht an und sah nach der Uhr. Es war Punkt eins. Er war ganz ruhig und fühlte sich den Puls, der nicht im geringsten fieberhaft war. Das sonderbare Geräusch dauerte an, und er hörte deutlich Schritte. Er zog die Pantoffel an, nahm eine längliche Phiole von seinem Toilettentisch und öffnete die Türe. Da sah er, sich direkt gegenüber, im blassen Schein des Mondes, einen alten Mann von ganz greulichem Aussehen stehen. Des Alten Augen waren rot wie brennende Kohlen; langes graues Haar fiel in wirren Locken über seine Schultern; seine Kleidung von altmodischem Schnitt war beschmutzt und zerrissen, und schwere rostige Fesseln hingen ihm an Füßen und Händen. „Mein lieber Herr," sagte Mr. Otis, „ich muß Sie schon bitten, Ihre Ketten etwas zu schmieren, und ich habe Ihnen zu dem Zweck hier eine kleine Flasche von Tammanys Rising Sun Lubricator mitgebracht. Man sagt, daß schon ein einmaliger Gebrauch genügt, und auf der Enveloppe finden Sie die glänzendsten Atteste hierüber von unsern hervorragendsten einheimischen Geistlichen. Ich werde es Ihnen hier neben das Licht stellen und bin mit Vergnügen bereit, Ihnen auf Wunsch mehr davon zu besorgen.“ Mit diesen Worten stellte der Gesandte der Unionstaaten das Fläschchen auf einen Marmortisch, schloß die Tür und legte sich wieder zu Bett.

Für einen Augenblick war das Gespenst von Canterville ganz starr vor Entrüstung; dann schleuderte es die Flasche wütend auf den Boden und floh den Korridor hinab, indem es ein dumpfes Stöhnen ausstieß und ein gespenstisch grünes Licht um sich verbreitete. Als es gerade die große eichene Treppe erreichte, öffnete sich eine Tür, zwei kleine weißgekleidete Gestalten erschienen, und ein großes Kissen sauste an seinem Kopf vorbei. Da war augenscheinlich keine Zeit zu verlieren; und indem es hastig die vierte Dimension als Mittel zur Flucht benutzte, verschwand es durch die Täfelung, worauf das Haus ruhig wurde.

Als das Gespenst ein kleines geheimes Zimmer im linken Schloßflügel erreicht hatte, lehnte es sich erschöpft gegen einen Mondstrahl, um erst wieder zu Atem zu kommen, und versuchte sich seine Lage klarzumachen. Niemals war es in seiner glänzenden und ununterbrochenen Laufbahn von dreihundert Jahren so gröblich beleidigt worden. Es dachte an die Herzogin-Mutter, die bei seinem Anblick Krämpfe bekommen hatte, als sie in ihren Spitzen und Diamanten vor dem Spiegel stand; an die vier Hausmädchen, die hysterisch wurden, als es sie bloß durch die Vorhänge eines der unbewohnten Schlafzimmer hindurch anlächelte; an den Pfarrer der Gemeinde, dessen Licht es eines Nachts ausgeblasen, als derselbe einmal spät aus der

Bibliothek kam, und der seitdem beständig bei Sir William Gull, geplagt von Nervenstörungen, in Behandlung war; an die alte Madame du Tremouillac, die, als sie eines Morgens früh aufwachte und in ihrem Lehnstuhl am Kamine ein Skelett sitzen sah, das ihr Tagebuch las, darauf sechs Wochen fest im Bett lag an der Gehirnentzündung und nach ihrer Genesung eine treue Anhängerin der Kirche wurde und jede Verbindung mit dem bekannten Freigeist Monsieur de Voltaire abbrach.

Es erinnerte sich der entsetzlichen Nacht, als der böse Lord Canterville in seinem Ankleidezimmer halb erstickt gefunden wurde mit dem Karo-Buben im Halse, und gerade noch, ehe er starb, beichtete, daß er Charles James Foxvermittels dieser Karte bei Crockfords um 50+000 Pfund Sterling betrogen hatte und daß ihm nun das Gespenst die Karte in den Hals gesteckt habe.

Alle seine großen Taten kamen ihm ins Gedächtnis zurück, von dem Kammerdiener an, der sich in der Kirche erschoß, weil er eine grüne Hand hatte an die Scheiben klopfen sehen, bis zu der schönen Lady Stutfield, die immer ein schwarzes Samtband um den Hals tragen mußte, damit die Spur von fünf in ihre weiße Haut eingebrannten Fingern verdeckt wurde, und die sich schließlich in dem Karpfenteich am Ende der

Königspromenade ertränkte. Mit dem begeisterten Egoismus des echten Künstlers versetzte es sich im Geiste wieder in seine hervorragendsten Rollen und lächelte bitter, als es an sein letztes Auftreten als „Roter Ruben oder das erwürgte Kind" dachte, oder sein Debüt als „Riese Gibeon, der Blutsauger von Bexley Moor", und das Furore, das es eines schönen Juliabends gemacht hatte, als es ganz einfach auf dem Tennisplatz mit seinen eigenen Knochen Kegel spielte. Und nach alledem kommen solche elenden modernen Amerikaner, bieten ihm Rising-Sun-Öl an und werfen ihm Kissen an den Kopf! Es war nicht auszuhalten. So war noch niemals in der

Weltgeschichte ein Gespenst behandelt worden. Es schwur demgemäß Rache und blieb bis Tagesanbruch in tiefe Gedanken versunken.

Als am nächsten Morgen die Familie Otis zum Frühstück zusammenkam, wurde das Gespenst natürlich des längeren besprochen. Der Gesandte der Unionstaaten war selbstverständlich etwas ungehalten, daß sein Geschenk so mißachtet worden war. „Ich habe durchaus nicht die Absicht," erklärte er, „dem Geist irgendeine persönliche Beleidigung zuzufügen, und ich muß sagen, daß es aus Rücksicht auf die lange Zeit, die er nun schon hier im Hause wohnt, nicht höflich ist, ihn mit Kissen zu bewerfen“ – eine sehr wohlangebrachte Bemerkung, bei welcher, wie ich leider gestehen muß, die Zwillinge in ein lautes Gelächter ausbrachen. „Andererseits,“ fuhr Mr. Otis fort, „wenn er wirklich und durchaus den Rising Sun Lubricator nicht benutzen will, so werden wir ihm seine Ketten wegnehmen müssen; bei dem Lärm auf dem Korridor kann man ganz unmöglich schlafen.“

Die Schloßbewohner blieben jedoch die ganze Woche hindurch ungestört, und das einzige, was ihre Aufmerksamkeit erregte, war die beständige Erneuerung des Blutflecks auf dem Boden der Bibliothek. Das war jedenfalls sehr sonderbar, da die

Türe und das Fenster des Nachts immer fest verschlossen und verriegelt waren. Auch die wechselnde Farbe des Fleckes rief die verschiedensten Vermutungen hervor. Denn zuweilen war er ganz mattrot, dann wieder leuchtend, oder auch tiefpurpurn, und als einmal die Familie zur Vesper herunterkam, fand sie ihn hell smaragdgrün! Diese koloristischen Metamorphosen amüsierten natürlich die Gesellschaft sehr, und jeden Abend wurden schon Wetten darüber geschlossen. Die einzige, welche nicht auf diesen und keinen andern Scherz einging, war die kleine Virginia, die aus irgendeinem unaufgeklärten Grunde immer sehr betrübt beim Anblick des Blutflecks war und an dem Morgen, an dem er smaragdgrün leuchtete, bitterlich zu weinen anfing.

Das zweite Auftreten des Gespenstes war am Sonntagabend. Kurz nachdem auch die männlichen Erwachsenen zu Bett gegangen waren, wurden sie plötzlich durch ein furchtbares Getöse in der Eingangshalle aufgeschreckt. Alle stürzten hinunter und fanden dort, daß eine alte Rüstung von ihrem Ständer auf den Steinboden gefallen war, während das Gespenst von Canterville in einem hochlehnigen Armstuhl saß und sich seine Knie mit einer Gebärde verzweifelten Schmerzes rieb. Die Zwillinge hatten ihre Flitzbogen mitgebracht und schossen zweimal nach ihm mit einer Treffsicherheit, die sie sich durch lange sorgfältige Übungen nach ihrem Schreiblehrer erworben hatten. Der Gesandte der Unionstaaten richtete unterdessen seinen Revolver auf den Geist und rief ihm nach kalifornischer Etikette zu: „Hände hoch!“ Der Geist fuhr mit einem wilden Wutgeheul in die Höhe und mitten durch die Familie hin wie ein Rauch, indem er noch Washingtons Kerzenlicht ausblies und sie alle in völliger Dunkelheit zurückließ. Oben an der Treppe erholte sich das Gespenst wieder und beschloß, in sein berühmtes diabolisches Gelächter auszubrechen; das hatte sich ihm bei mehr als einer Gelegenheit schon nützlich erwiesen. Es soll Lord Rakers Perücke in einer einzigen Nacht gebleicht haben und hat jedenfalls drei der französischen Gouvernanten von Lady Canterville so entsetzt, daß sie vor der Zeit und ohne Kündigung ihre Stellungen aufgaben. So lachte es denn also jetzt dieses sein fürchterlichstes Lachen, bis das alte hochgewölbte Dach davon gellte; aber kaum war das letzte grausige Echo verhallt, da öffnete sich eine Tür, und Mrs. Otis kam heraus in einem hellblauen Morgenrock. „Ich fürchte, Ihnen ist nicht ganz wohl," sagte sie, „und deshalb bringe ich Ihnen hier eine Flasche von Dr. Dobells Tropfen. Wenn es Verdauungsbeschwerden sind, so werden Sie finden, daß sie ein ganz vorzügliches Mittel sind.“ Der Geist betrachtete sie zornrot und wollte sich auf der Stelle in einen großen schwarzen Hund verwandeln – ein Kunststück, wodurch er mit Recht berühmt war und dem der Hausarzt die Geistesgestörtheit von Lord Cantervilles Onkel, Herrn Thomas Horton, zuschrieb. Da hörte er aber Schritte, und das ließ ihn von seinem grausen Vorhaben abstehen; er begnügte sich damit, phosphoreszierend zu werden, und verschwand mit einem dumpfen Kirchhofswimmern gerade in dem Moment, als die Zwillinge auf ihn zukamen.

Als der Geist sein Zimmer erreicht hatte, brach er völlig zusammen und verfiel in einen Zustand heftiger Gemütsbewegung. Die Roheit der Zwillinge und der krasse Materialismus von Mrs. Otis waren natürlich außerordentlich verstimmend; aber was ihn am meisten betrübte, war doch daß er die alte Rüstung nicht mehr hatte tragen können. Er hatte gehofft, daß sogar moderne Amerikaner erschüttert sein würden beim Anblick eines Gespenstes in Waffenrüstung, wenn auch aus keinem andern vernünftigen Grunde, so doch aus Achtung vor ihrem Nationalpoeten Longfellow, bei dessen graziöser und anziehender Poesie er selbst so manche Stunde hingebracht hatte, während die Cantervilles in London waren. Und dabei war es noch seine eigene Rüstung! Er hatte sie mit großem Erfolg auf dem Turnier in Kenilworth getragen und darüber von niemand Geringerem als der jungfräulichen Königin selber viel Schmeichelhaftes gesagt bekommen. Und als er die Rüstung heute anlegen wollte, hatte ihn das Gewicht des alten Panzers und Stahlhelmes so erdrückt, daß er darunter zu Boden gestürzt war, sich beide Knie heftig zerschlagen und die rechte Hand verstaucht hatte.

Mehrere Tage lang fühlte er sich nach diesem Vorfall ernstlich krank und verließ sein Zimmer nur, um den Blutfleck in Ordnung zu halten. Da er sich sonst jedoch sehr schonte, erholte er sich bald wieder und beschloß, noch einen dritten Versuch zu machen, den Gesandten und seine Familie in Schrecken zu jagen. Er wählte zu diesem seinem Auftreten Freitag, den 13. August, und beschäftigte sich den ganzen Tag damit, seine Kleidervorräte zu prüfen, bis er schließlich einen großen weichen Hut mit roter Feder, ein Laken mit Rüschen an Hals und Armen und einen rostigen Dolch wählte. Gegen Abend kam ein heftiger Regenschauer, und der Sturm rüttelte gewaltig an allen Türen und Fenstern des alten Hauses. Das war gerade das Wetter, wie er es liebte. Sein Plan war folgender: er wollte sich ganz leise nach Washingtons Zimmer schleichen, ihm vom Fußende des

Bettes aus wirres Zeug vorschwatzen und sich dann beim Klange leiser geisterhafter Musik dreimal den Dolch ins Herz stoßen. Er war auf Washington ganz besonders böse, weil er wußte, daß dieser es war, der immer wieder den Blutfleck mit Pinkertons Fleckenreiniger entfernte. Wenn er dann den frivolen und tollkühnen Jüngling in den namenlosen Schrecken versetzt hatte, so wollte er sich nach dem Schlafzimmer von Herrn und Frau Otis begeben und dort eine eiskalte Hand Mrs. Otis auf die Stirn legen, während er ihrem zitternden Mann die entsetzlichen Geheimnisse des Beinhauses ins Ohr zischelte. Was die kleine Virginia anbetraf, so war er über sie noch nicht ganz im reinen. Sie hatte ihn nie in irgendeiner Weise beleidigt und war hübsch und sanft. Einige tiefe Seufzer aus dem Kleiderschrank würden mehr als genug für sie sein, dachte er, und wenn sie davon noch nicht aufwachte, so könnte er ja mit zitternden Fingern an ihrem Bettuch zerren. In bezug auf die Zwillinge war er aber fest entschlossen, ihnen eine ordentliche Lektion zu erteilen. Das erste war natürlich, daß er sich ihnen auf die Brust setzte, um das erstickende Gefühl eines Alpdrückens hervorzurufen. Dann würde er, da ihre Betten dicht nebeneinander standen, in der Gestalt eines grünen, eiskalten Leichnams zwischen ihnen stehen, bis sie vor Schrecken gelähmt wären; und zum Schluß wollte er mit weißgebleichten Knochen und einem rollenden Augapfel ums Zimmer herumkriechen als „Stummer Daniel oder das Skelett des Selbstmörders“. Diese Rolle hatte bei mehr als einer Gelegenheit den allergrößten Effekt gemacht und schien ihm ebenso gut zu sein wie seine berühmte Darstellung des „Martin, des Verrückten, oder das verhüllte Geheimnis“.

Um halb elf Uhr hörte er die Familie zu Bette gehen. Er wurde noch einige Zeit durch das Lachgebrüll der Zwillinge gestört, die mit der leichtfertigen Heiterkeit von Schuljungen sich augenscheinlich herrlich amüsierten, ehe sie zu Bett gingen; aber um ein Viertel zwölf Uhr war alles still und als es Mitternacht schlug, machte er sich auf den Weg. Die Eule schlug mit den Flügeln gegen die Fensterscheiben, der Rabe krächzte von dem alten Eichbaum, und der Wind ächzte durch das Haus wie eine verlorene Seele; aber die Familie Otis schlief, unbekümmert um das nahende Verhängnis, und durch und trotz Regen und Sturm hörte man das regelmäßige Schnarchen des Gesandten der Union. Da trat der Geist leise aus der Vertäfelung hervor, mit einem bösen Lächeln um den grausamen, faltigen Mund, so daß sogar der Mond sein Gesicht verbarg, als er an dem hohen

Fenster vorüberglitt, auf dem das Wappen des Gespenstes und das seiner ermordeten Frau in Gold und Hellblau gemalt waren. Leise schlürfte er weiter, wie ein böser Schatten; die Dunkelheit selber schien sich vor ihm zu grausen, wie er vorbeihuschte. Einmal kam es ihm vor, als hörte er jemand rufen; er stand still; aber es war nur das Bellen eines Hundes auf dem nahen Bauernhof, und so schlich er weiter, während er wunderliche Flüche aus dem sechzehnten Jahrhundert vor sich hin murmelte und dann und wann mit dem rostigen Dolch in der Luft herumstach. Nun hatte er die Ecke des Korridors erreicht, der zu des unglücklichen Washington

Zimmer führte. Einen Augenblick blieb er da stehen, und der Wind blies ihm seine langen grauen Locken um den Kopf und spielte ein phantastisches und groteskes Spiel mit den unheimlichen Falten des Leichentuchs. Da schlug die Uhr ein Viertel, und er fühlte, jetzt sei die Zeit gekommen. Er lächelte zufrieden vor sich hin und machte einen Schritt um die Ecke; aber kaum tat er das, da fuhr er mit einem jammervollen Schreckenslaut zurück und verbarg sein erblaßtes Gesicht in den langen knochigen Händen: gerade vor ihm stand ein entsetzliches Gespenst bewegungslos wie eine gemeißelte Statue und fürchterlich wie der Traum eines Wahnsinnigen! Der Kopf war kahl und glänzend, das Gesicht rund und fett und weiß, und gräßliches Lachen schien seine Züge in ein ewiges Grinsen verzerrt zu haben. Aus den Augen kamen rote Lichtstrahlen, der Mund war eine weite Feuerhöhle, und ein scheußliches Gewand, seinem eigenen ähnlich, verhüllte mit seinem schneeigen Weiß die Gestalt des Riesen. Auf seiner Brust war ein Plakat befestigt, mit einer sonderbaren Schrift in alten ungewöhnlichen Buchstaben – wohl irgendein Bericht wilder Missetaten, ein schmähliches Verzeichnis schauerlicher Verbrechen –, und in seiner rechten Hand hielt das

Ungeheuer eine Keule von blitzendem Stahl.

Da der Geist noch nie in seinem Leben ein Gespenst gesehen hatte, so war er natürlich furchtbar erschrocken; und nachdem er noch einen zweiten hastigen Blick auf die entsetzliche Erscheinung geworfen hatte, floh er nach seinem Zimmer zurück, stolperte über sein langes Laken, als er den Korridor hinunterraste, und ließ schließlich noch seinen Dolch in die hohen Jagdstiefel des Gesandten fallen, wo ihn der Kammerdiener am nächsten Morgen fand. In seinem Zimmer angekommen, warf er sich auf das schmale Feldbett und verbarg sein Gesicht unter der Decke. Nach einer

Weile jedoch rührte sich der tapfere alte Cantervillecharakter doch wieder, und der Geist beschloß, sobald der Tag graute, zu dem andern Geist zu gehen und ihn anzureden. Kaum begann es zu dämmern, da machte er sich auf und ging zur Stelle, wo seine Augen zuerst das gräßliche Phantom erblickt hatten; denn er fühlte, es sei doch schließlich angenehmer, zwei Gespenster zusammen zu sein als eines allein, und daß er mit Hilfe dieses neuen Freundes erfolgreich gegen die Zwillinge zu Felde ziehen könne. Als er jedoch an die Stelle kam, bot sich ihm ein fürchterlicher Anblick. Dem Gespenst war jedenfalls ein Unglück passiert, denn in seinen hohlen Augen war das Licht erloschen, die glänzende Keule war seiner Hand entfallen, und es selber lehnte in einer höchst unbequemen gezwungenen Stellung an der Wand. Er stürzte vorwärts und zog es am Arme, da fiel zu seinem Entsetzen der Kopf ab, rollte auf den Boden, der Körper fiel in sich zusammen, und er hielt in seinen Händen eine weiße Bettgardine mit einem Besenstiel und einem Küchenbeil, während zu seinen Füßen ein hohler Kürbis lag! Unfähig, diese wunderbare Veränderung zu begreifen, packte er mit wilder Hast das Plakat, und da las er im grauen Licht des Morgens die fürchterlichen Worte:

Das Otis-Gespenst. Der einzig wahre und originale Spuk. Vor Nachahmung wird gewarnt. Alle anderen sind unecht.

Jetzt war ihm alles klar. Man hatte ihn zum besten gehabt, und er war hineingefallen. Der alte wilde Cantervilleblick kam in seine Augen; er kniff den zahnlosen Mund zusammen, und indem er seine knochigen Hände hoch in die Höhe warf, schwur er in der pittoresken Phraseologie des alten Stiles: wenn Chanticleer zum zweitenmal in sein lustiges Horn stieße, würden entsetzliche Bluttaten geschehen, und Mord würde auf leisen Sohlen durchs Haus schleichen.

Kaum hatte er diesen furchtbaren Schwur zu Ende geschworen, als vom roten Ziegeldach eines Bauernhofes der Hahn krähte. Das Gespenst lachte ein langes, dumpfes, bitteres Lachen und wartete. Stunde auf Stunde verrann, aber der Hahn krähte aus irgendeinem Grunde nicht wieder. Endlich ließ ihn um halb acht das Kommen der Hausmädchen seine grausige Nachtwache aufgeben, und er ging nach seinem Zimmer, in tiefen Gedanken über seinen vergeblichen Schwur und sein vereiteltes Vorhaben. Er schlug in verschiedenen alten Ritterbüchern nach, was er außerordentlich liebte, und fand, daß noch jedesmal, wo dieser Schwur getan, Chanticleer ein zweites Mal gekräht hatte. „Zum Teufel mit dem faulen Hahn!“ brummte er; „hätte ich doch den Tag erlebt, wo ich mit meinem sicheren Speer ihm durch die Gurgel gefahren wäre, und da würde er, wenn auch schon im Sterben, für mich zweimal haben krähen müssen!“ Hierauf legte er sich in einem bequemen bleiernen Sarg zur Ruhe und blieb da bis zum späten Abend.

Am folgenden Tage war der Geist sehr schwach und müde. Die furchtbaren Aufregungen der letzten vier Wochen fingen an ihn anzugreifen, seine Nerven waren völlig kaputt, und beim geringsten Geräusch fuhr er erschreckt in die Höhe. Fünf Tage lang blieb er still auf seinem Zimmer und fand sich darein, die ewige Sorge um den Blutfleck in der Bibliothek aufzugeben. Wenn die Familie Otis den Fleck nicht zu haben wünschte, so war sie ihn auch nicht wert. Das waren überhaupt augenscheinlich Leute von ganz niederer Bildung und völlig unfähig, den symbolischen Wert eines Hausgespenstes zu würdigen. Die Frage nach überirdischen Erscheinungen und der Entwicklung der Himmelskörper war natürlich eine ganz andere Sache, aber die ging ihn nichts an. Seine heilige Pflicht war es, einmal in der Woche auf dem Korridor zu spuken und jeden ersten und dritten Mittwoch im Monat von dem großen bunten Glasfenster aus in die Halle hinab wirres Zeug zu schwatzen: von diesen beiden Verpflichtungen konnte er sich ehrenhalber nicht freimachen. Gewiß war ja sein Leben ein äußerst böses gewesen, aber anderseits mußte man zugeben, daß er in allen Dingen, die mit dem Übernatürlichen zusammenhingen, außerordentlich gewissenhaft war. Mit dieser Gewissenhaftigkeit wanderte er also an den folgenden drei Freitagen wie gewöhnlich zwischen zwölf und drei Uhr die Korridore auf und ab, gab aber schrecklich darauf acht, daß er weder gehört noch gesehen wurde. Er zog die Stiefel aus und trat so leise wie möglich auf die alten wurmstichigen Böden; er trug einen weiten schwarzen Samtmantel und gebrauchte den Rising Sun Lubricator gewissenhaft, um seine Ketten damit zu schmieren. Dies letzte Vorsichtsmittel benutzte er, wie ich zugeben muß, erst nach vielen Schwierigkeiten. Eines Abends jedoch, während die Familie gerade beim Essen saß, schlich er sich in Mr. Otis' Schlafzimmer und holte sich die Flasche. Zuerst fühlte er sich wohl ein wenig gedemütigt, aber schließlich war er doch vernünftig genug, einzusehen, daß diese Erfindung etwas für sich hatte, und jedenfalls diente sie bis zu einem gewissen Grade seinen Zwecken. Aber trotz alledem ließ man ihn noch immer nicht ganz unbelästigt. Beständig waren Stricke über den Korridor gespannt, über die er im Dunkeln natürlich fiel; und eines Abends, als er gerade als „Schwarzer Isaak oder der Jäger vom Hogleywald“ angezogen war, stürzte er plötzlich heftig zu Boden, weil er auf einer Schleifbahn von Butter, welche die Zwillinge vom Tapetenzimmer bis zur Eichentreppe hergerichtet hatten, ausgeglitten war. Diese letzte Beleidigung brachte ihn so in Wut, daß er beschloß, nur noch eine letzte Anstrengung zu machen, um seine Würde und seine gesellschaftliche Stellung zu sichern, und dies sollte damit geschehen, daß er den frechen jungen Etonschülern die nächste Nacht in seiner berühmten Rolle als „Kühner

Ruprecht oder der Graf ohne Kopf“ erscheinen wollte.

Seit mehr als siebenzig Jahren war er nicht in dieser Rolle aufgetreten, seit er damals die hübsche Lady Barbara Modish so damit erschreckt hatte, daß sie plötzlich ihre Verlobung mit dem Großvater des jetzigen Lord Canterville auflöste und statt dessen mit dem schönen Jack Castletown nach Gretna Green floh, indem sie erklärte, um keinen Preis der Welt in eine Familie hineinheiraten zu wollen, die einem abscheulichen Gespenst erlaube, in der Dämmerung auf der Terrasse spazieren zu gehen. Der arme Jack wurde später vom Lord Canterville im Duell am Wandsworthgehölz erschossen, und Lady Barbara starb, noch ehe das Jahr vergangen war, in Tunbridge Wells an gebrochenem Herzen; so war also damals sein Erscheinen von größtem Erfolge gewesen. Aber es war mit dieser Rolle sehr viel Mühe verbunden, wenn ich so sagen darf in Hinsicht auf eines der größten Geheimnisse des Übernatürlichen, und er brauchte volle drei Stunden zu den Vorbereitungen. Endlich war alles fertig, und er war sehr zufrieden mit seinem Aussehen. Die großen ledernen Reitstiefel, die zum Kostüme gehörten, waren ihm zwar ein bißchen zu weit, und er konnte nur eine der beiden großen Pistolen finden; aber im ganzen genommen war er doch befriedigt von sich, und um ein Viertel nach ein Uhr glitt er aus der Wandtäfelung hervor und schlich den Korridor hinab. Als er das Zimmer der Zwillinge erreicht hatte, das, wie ich erwähnen muß, wegen seiner Vorhänge auch das blaue Schlafzimmer genannt wurde, fand er die Tür nur angelehnt. Da er nun einen effektvollen Eintritt wünschte, so stieß er sie weit auf – schwupp! da fiel ein schwerer Wasserkrug gerade auf ihn herunter und durchnäßte ihn bis auf die Haut. Im gleichen Augenblick hörte er unterdrücktes Gelächter vom Bett her kommen. Der Chok, den sein Nervensystem erlitt, war so stark, daß er, so schnell er nur konnte, nach seinem Zimmer lief; den nächsten Tag lag er an einer heftigen Erkältung fest im Bett. Sein einziger Trost bei der Sache war, daß er seinen Kopf nicht bei sich gehabt hatte, denn wäre dies der Fall gewesen, so hätten die Folgen doch sehr ernste sein können. Jetzt gab er alle Hoffnung auf, diese ordinären Amerikaner überhaupt noch zu erschrecken, und begnügte sich in der Regel damit, in Pantoffeln über den Korridor zu schleichen, mit einem dicken rotwollenen Tuche um den Hals, aus Angst vor Zugluft, und einer kleinen Armbrust, im Fall ihn die Zwillinge angreifen sollten. Aber der Hauptschlag, der gegen ihn geführt wurde, geschah am 19. September. Er war in die große Eingangshalle hingegangen, da er sich dort noch am unbehelligtsten wußte, und unterhielt sich damit, spöttische Bemerkungen über die lebensgroßen Platinphotographieen des Gesandten und seiner Frau zu machen, welche jetzt an der Stelle der Canterville-Ahnenbilder hingen. Er war einfach, aber ordentlich gekleidet, und zwar in ein langes Laken, das da und dort bräunliche Flecken von Kirchhofserde aufwies, hatte seine untere Kinnlade mit einem Stück gelber Leinwand hochgebunden und trug eine kleine Laterne und den Spaten eines Totengräbers. Eigentlich war es das Kostüm von „Jonas dem Grablosen oder der Leichenräuber von Chertsey Barn“, eine seiner hervorragendsten

Rollen, welche die Cantervilles allen Grund hatten zu kennen, weil durch sie der ewige Streit mit ihrem Nachbarn Lord Rufford verursacht worden war. Es ging so gegen ein Viertel auf drei Uhr morgens, und allem Anschein nach rührte sich nichts. Als er jedoch langsam nach der Bibliothek schlenderte, um doch mal wieder nach den etwaigen Spuren des Blutflecks zu sehen, da sprangen aus einer dunklen Ecke plötzlich zwei Gestalten hervor, welche ihre Arme wild emporwarfen und ihm „Buh!“ in die Ohren brüllten.

Von panischem Schrecken ergriffen, der unter solchen Umständen nur selbstverständlich erscheinen muß, raste er nach der

Treppe, wo aber schon Washington mit der großen Gartenspritze auf ihn wartete; da er sich nun von seinen Feinden so umzingelt und fast zur Verzweiflung getrieben sah, verschwand er schleunigst in den großen eisernen Ofen, der zu seinem Glück nicht geheizt war, und mußte nun auf einem höchst beschwerlichen Weg durch Ofenrohre und Kamine nach seinem Zimmer zurück, wo er völlig erschöpft, beschmutzt und verzweifelt ankam. Nach diesem Erlebnis wurde er nie mehr auf einer solchen nächtlichen Expedition betroffen. Die Zwillinge warteten bei den verschiedensten Gelegenheiten auf sein Erscheinen und streuten jede Nacht den Korridor ganz voll

Nußschalen, zum großen Ärger ihrer Eltern und der Dienerschaft, aber es war alles vergebens. Augenscheinlich waren die Gefühle des armen Gespenstes derart verletzt, daß es sich nicht wieder zeigen wollte. In der Folge nahm dann Mr. Otis sein großes Werk über die Geschichte der demokratischen Partei wieder auf, das ihn schon seit Jahren beschäftigte; Mrs. Otis organisierte ein wunderbares Preiskuchenbacken, das die ganze Grafschaft aufregte; die Jungen gaben sich dem Vergnügen von Lacrosse, Euchre, Poker und andern amerikanischen Nationalspielen hin, und Virginia ritt auf ihrem hübschen Pony im Park spazieren, begleitet von dem jungen

Herzog von Cheshire, der die letzten Wochen der großen Ferien auf Schloß Canterville verleben durfte. Man nahm allgemein an, daß der Geist das Schloß verlassen habe, ja Mr. Otis schrieb sogar einen Brief in diesem Sinn an Lord Canterville, der in Erwiderung desselben seine große Freude über diese Nachricht aussprach und sich der werten Frau Gemahlin auf das angelegentlichste empfehlen ließ.

Die Familie Otis hatte sich aber getäuscht, denn der Geist war noch im Hause, und obgleich fast ein Schwerkranker, so war er doch keinesfalls entschlossen, die Sache ruhen zu lassen, besonders als er hörte, daß unter den Gästen auch der junge Herzog von Cheshire sich befinde, dessen Großonkel Lord Francis Stilton einst um tausend Guineen mit Oberst Carbury gewettet hatte, daß er mit dem Geist Würfel spielen wollte, und der am nächsten Morgen im Spielzimmer, auf dem Boden liegend, in einem Zustand hilfloser Lähmung gefunden wurde. Obgleich er noch ein hohes Alter erreichte, so war er niemals wieder imstande gewesen, etwas anderes als „Zwei Atout" zu sagen. Die Geschichte war seinerzeit allgemein bekannt, obgleich natürlich aus Rücksicht auf die beiden vornehmen Familien die größten Anstrengungen gemacht wurden, sie zu vertuschen; aber der ausführliche Bericht mit allen näheren Umständen ist in dem dritten Band von Lord Tattles „Erinnerungen an den Prinz-Regenten und seine Freunde“ zu finden. Der Geist war natürlich sehr besorgt, zu zeigen, daß er seine Macht über die Stiltons noch nicht verloren hätte, mit denen er ja noch dazu entfernt verwandt war, da seine rechte Cousine in zweiter Ehe mit dem Sieur de Bulkeley vermählt war, von dem, wie allgemein bekannt, die Herzöge von Cheshire abstammen. Demgemäß traf er Vorkehrungen, Virginias kleinem Liebhaber in seiner berühmten Rolle als „Vampirmönch oder der blutlose Benediktiner“ zu erscheinen. Dies war eine so fürchterliche Pantomime, daß Lady

Startup an jenem verhängnisvollen Neujahrsabend 1764 vor Schreck von einem Gehirnschlag getroffen wurde, an dem sie nach drei Tagen starb, nachdem sie noch schnell die Cantervilles, ihre nächsten Verwandten, enterbt und ihren ganzen Besitz ihrem Londoner Apotheker vermacht hatte. Im letzten Moment aber verhinderte den Geist die Angst vor den Zwillingen, sein Zimmer zu verlassen, und der kleine Herzog schlief friedlich in seinem hohen Himmelbett im königlichen Schlafzimmer und träumte von Virginia.

Wenige Tage später ritten Virginia und ihr goldlockiger junger Ritter über die Brockleywiesen spazieren, wo sie beim Springen über eine Hecke ihr Reitkleid derart zerriß, daß sie, zu Hause angekommen, vorzog, die Hintertreppe hinaufzugehen, um nicht gesehen zu werden. Als sie an dem alten Gobelinzimmer vorüberkam, dessen Tür zufällig halb offen stand, meinte sie jemanden drinnen zu sehen, und da sie ihrer Mama Kammermädchen darin vermutete, das dort zuweilen arbeitete, so ging sie hinein, um gleich ihr Kleid ausbessern zu lassen. Zu ihrer ungeheuren Überraschung war es jedoch das Gespenst von Canterville selber! Es saß am Fenster und beobachtete, wie das matte Gold des vergilbten Laubes durch die Luft flog und die roten Blätter einen wilden Reigen in der langen Allee tanzten. Es hatte den Kopf in die Hand gestützt, und seine ganze Haltung drückte tiefe Niedergeschlagenheit aus. Ja, so verlassen und verfallen sah es aus, daß die kleine Virginia, deren erster Gedanke gewesen war, zu fliehen und sich in ihr Zimmer einzuschließen, von Mitleid erfüllt sich entschloß zu bleiben, um das arme Gespenst zu trösten. Ihr Schritt war so leicht und seine Melancholie so tief, daß es ihre Gegenwart erst bemerkte, als sie zu ihm sprach. „Sie tun mir so leid," sagte sie, „aber morgen müssen meine Brüder nach Eton zurück, und wenn Sie sich dann wie ein gebildeter

Mensch betragen wollen, so wird Sie niemand mehr ärgern.“

„Das ist ein einfältiges und ganz unsinniges Verlangen einem Geist gegenüber“, antwortete er, indem er erstaunt das hübsche kleine Mädchen ansah, das ihn anzureden wagte. „Ich muß mit meinen Ketten rasseln und durch Schlüssellöcher stöhnen und des Nachts herumwandeln, wenn es das ist, was Sie meinen. Das ist ja mein einziger Lebenszweck.“

„Das ist überhaupt kein Lebenszweck, und Sie wissen sehr gut, daß Sie ein böser, schlechter Mensch gewesen sind. Mrs. Umney hat uns am ersten Tag unseres Hierseins gesagt, daß Sie Ihre Frau getötet haben.“ – „Nun ja, das gebe ich zu,“ sagte das

Gespenst geärgert, „aber das war doch eine reine Familienangelegenheit und ging niemand anderen etwas an."

„Es ist sehr unrecht, jemand umzubringen", sagte Virginia, die zeitweise einen ungemein lieblichen puritanischen Ernst besaß, mit dem sie von irgendeinem Vorfahren aus Neu- England belastet war.

„O, wie ich die billige Strenge abstrakter Moral hasse! Meine Frau war sehr häßlich, hat mir niemals die Manschetten ordentlich stärken lassen und verstand nichts vom Kochen. Denken Sie nur, einst hatte ich einen Kapitalbock im Hogleywald geschossen, und wissen Sie, wie sie ihn auf den Tisch brachte? Aber das ist ja jetzt ganz gleichgültig, denn es ist lange her, und ich kann nicht finden, daß es nett von ihren Brüdern war, mich zu Tode hungern zu lassen, bloß weil ich sie getötet hatte."

„Sie zu Tode hungern? O, lieber Herr Geist, ich meine Sir Simon, sind Sie hungrig? Ich habe ein Butterbrot bei mir, möchten Sie das haben ?" – „Nein, ich danke Ihnen sehr, ich nehme jetzt nie mehr etwas zu mir; aber trotzdem ist es sehr freundlich von Ihnen, und Sie sind überhaupt viel netter als alle anderen Ihrer abscheulich groben, gewöhnlichen, unehrlichen Familie."

„Schweigen Sie!" rief Virginia und stampfte mit dem Fuß; „Sie sind es, der grob, abscheulich und gewöhnlich ist, und was die Unehrlichkeit betrifft, so wissen Sie sehr wohl, daß Sie mir alle Farben aus meinem Malkasten gestohlen haben, um den lächerlichen Blutfleck in der Bibliothek stets frisch zu machen! Erst nahmen Sie alle die roten, sogar Vermillon, und ich konnte gar keine Sonnenuntergänge mehr malen, dann nahmen Sie Smaragdgrün und Chromgelb, und schließlich blieb mir nichts mehr als Indigo und Chinesisch Weiß, da konnte ich nur noch Mondscheinlandschaften malen, die immer solchen melancholischen Eindruck machen und gar nicht leicht zu malen sind. Ich habe Sie nie verraten, obgleich ich sehr ärgerlich war, und die ganze Sache war ja überhaupt lächerlich; denn wer hat je im Leben von grünen Blutflecken gehört?“

„Ja, aber was sollte ich tun?“ sagte der Geist kleinlaut; „heutzutage ist es schwer, wirkliches Blut zu bekommen, und als Ihr Bruder nun mit seinem Fleckenreiniger anfing, da sah ich wirklich nicht ein, warum ich nicht Ihre Farben nehmen sollte. Was nun die besondere Färbung betrifft, so ist das lediglich Geschmackssache; die Cantervilles zum Beispiel haben blaues Blut, das allerblaueste in England: aber ich weiß, Ihr Amerikaner macht Euch aus dergleichen nichts.“

„Darüber wissen Sie gar nichts, und das beste wäre, Sie wanderten aus und vervollkommneten drüben Ihre

Bildung.Mein Vater wird nur zu glücklich sein, Ihnen freie Überfahrt zu verschaffen, und wenn auch ein hoher Zoll auf Geistiges jeder Art liegt, so wird es doch auf dem Zollamt keine Schwierigkeiten geben, denn die Beamten sind alle Demokraten. Wenn Sie erst mal in New York sind, so garantiere ich Ihnen einen großen Erfolg. Ich kenne eine Menge Leute, die tausend Dollars dafür geben würden, einen Großvater zu haben, und noch unendlich viel mehr für ein Familiengespenst."

„Ich glaube, mir würde Amerika nicht gefallen."

„Wahrscheinlich weil wir keine Ruinen und Altertümer haben", sagte Virginia spöttisch.

„Keine Ruinen? Keine Altertümer?“ erwiderte der Geist, „Sie haben doch Ihre Marine und Ihre Umgangsformen!“

„Guten Abend; ich gehe jetzt und will Papa bitten, den Zwillingen noch extra acht Tage länger Ferien zu geben.“

„Bitte, gehen Sie nicht, Miß Virginia“, rief das Gespenst; „ich bin so einsam und unglücklich und weiß nicht mehr, was ich tun soll. Ich möchte nur schlafen und kann es doch nicht.“

„Das ist töricht! Sie brauchen doch nur zu Bett zu gehen und das Licht auszublasen. Manchmal ist es so schwer, wach zu bleiben, besonders in der Kirche; aber beim Einschlafen gibt es doch gar keine Schwierigkeiten. Sogar die kleinen Kinder können das und sind doch gar nicht klug."

„Seit dreihundert Jahren habe ich nicht mehr geschlafen," sagte das Gespenst traurig, und Virginias schöne blaue Augen öffneten sich weit in grenzenlosem Erstaunen, „seit dreihundert Jahren habe ich nicht mehr geschlafen, und ich bin so müde."

Virginia wurde auf einmal ganz ernst, und ihre kleinen Lippen zitterten wie Rosenblätter. Sie trat näher zu ihm, kniete sich an seine Seite und sah zu seinem alten gefurchten Gesicht auf.

„Armer, armer Geist,“ sprach sie leise, „haben Sie denn kein Fleckchen, wo Sie mal schlafen können?“

„Weit hinter jenen Wäldern liegt ein kleiner Garten“, sagte der Geist mit verträumter ferner Stimme. „Da wächst langes Gras, da blühen die großen weißen Sterne des Schierlings, und die Nachtigallen singen die ganze Nacht hindurch. Die ganze lange Nacht singen sie, und der kalte, kristallne Mond schaut nieder, und die Trauerweide breitet ihre Riesenarme über die Schläfer aus.“

Virginias Augen füllten sich mit Tränen, und sie verbarg das Gesicht in den Händen.

„Sie meinen den Garten des Todes“, flüsterte sie.

„Ja, Tod. Der Tod muß so schön sein. In der weichen braunen Erde zu liegen, während das lange Gras über einem hin und her schwankt, und der Stille zu lauschen. Kein Gestern, kein Morgen haben. Die Zeit und das Leben vergessen, im Frieden sein. Sie können mir helfen. Sie können mir die Tore des Todes öffnen, denn auf Ihrer Seite ist stets die Liebe, und die Liebe ist stärker als der Tod."

Virginia zitterte, und ein kalter Schauer durchlief sie, und einige Minuten lang war es still. Es schien ihr wie ein angstvoller Traum.

Dann sprach der Geist wieder, und seine Stimme klang wie das Seufzen des Windes.

„Haben Sie je die alte Prophezeiung an dem Fenster in der Bibliothek gelesen?“

„O, wie oft,“ rief das junge Mädchen aufblickend, „ich kenne sie sehr gut. Sie ist mit verschnörkelten schwarzen Buchstaben geschrieben und schwer zu lesen; es sind nur sechs Zeilen:

Wenn ein goldenes Mädchen es dahin bringt,
daß es sündige Lippen zum Beten zwingt,
Wenn die dürre Mandel unter Blüten sich senkt,
ein unschuldiges Kind seine Tränen verschenkt,
Dann wird dies Haus wieder ruhig und still,

und Friede kehrt ein auf Schloß Canterville.

Aber ich weiß nicht, was das heißen soll."

„Das heißt: daß Sie für mich über meine Sünden weinen müssen, da ich keine Tränen habe, und für mich, für meine Seele beten müssen, da ich keinen Glauben habe, und dann, wenn Sie immer gut und sanft gewesen sind, dann wird der Engel des Todes Erbarmen mit mir haben. Sie werden entsetzliche Gestalten im Dunkeln sehen, Schauriges wird Ihr Ohr vernehmen, aber es wird Ihnen kein Leid geschehen, denn gegen die Reinheit eines Kindes sind die Gewalten der Hölle ohne Macht."

Virginia antwortete nicht, und der Geist rang verzweifelt die Hände, während er auf ihr gesenktes Köpfchen herab sah. Plötzlich erhob sie sich, ganz blaß, aber ihre Augen leuchteten. „Ich fürchte mich nicht," sagte sie bestimmt, „ich will den Engel bitten, Erbarmen mit Ihnen zu haben."

Mit einem leisen Freudenausruf stand der Geist auf, ergriff mit altmodischer Galanterie ihre Hand und küßte sie. Seine Finger waren kalt wie Eis, und seine Lippen brannten wie Feuer, aber Virginia zauderte nicht, als er sie durch das dämmerdunkle Zimmer führte. In den verblaßten grünen Gobelin waren kleine Jäger gewirkt, die bliesen auf ihren Hörnern und winkten ihr mit den winzigen Händen, umzukehren. „Kehre um, kleine Virginia,“ riefen sie, „kehre um!“ Aber der Geist faßte ihre Hand fester, und sie schloß die Augen. Greuliche Tiere mit Eidechsenschwänzen und feurigen Augen sahen sie vom Kaminsims an und grinsten: „Nimm dich in acht, Virginia, nimm dich in acht! Vielleicht sieht man dich nie wieder!“ Aber der Geist ging noch schneller voran, und Virginia hörte nicht auf die Stimmen. Am Ende des Zimmers hielt das Gespenst an und murmelte einige Worte, die sie nicht verstand. Sie schlug die Augen auf und sah die Wand vor sich verschwinden wie im Nebel, und eine große schwarze

Höhle tat sich auf. Es wurde ihr eisig kalt, und sie fühlte etwas an ihrem Kleide zerren. „Schnell, schnell," rief der Geist, „sonst ist es zu spät!" und schon hatte sich die Wand hinter ihnen wieder geschlossen, und das Gobelinzimmer war leer. –

Ungefähr zehn Minuten später tönte der Gong zum Tee, und da Virginia nicht herunterkam, schickte Mrs. Otis einen Diener hinauf, sie zu rufen. Nach kurzer Zeit kam er wieder und sagte, daß er Miß Virginia nirgends habe finden können. Da sie um diese Zeit gewöhnlich in den Garten ging, um Blumen für den Mittagstisch zu pflücken, so war Mrs. Otis zuerst gar nicht weiter besorgt; aber als es sechs Uhr schlug und

Virginia immer noch nicht da war, wurde sie doch unruhig und schickte die Jungen aus, sie zu suchen, während sie und Mr. Otis das ganze Haus abgingen. Um halb sieben kamen die Jungen wieder und berichteten, sie hätten nirgends auch nur eine Spur von ihrer Schwester entdecken können. Jetzt waren alle auf das äußerste beunruhigt und wußten nicht mehr, was sie tun sollten, als Mr. Otis sich plötzlich darauf besann, daß er vor einigen Tagen einer Zigeunerbande erlaubt habe, im Park zu übernachten. So machte er sich denn sofort auf nach Blackfell Hollow, wo sich die Bande, wie er wußte, jetzt aufhielt, und sein ältester Sohn und zwei

Bauernburschen begleiteten ihn. Der kleine Herzog von Cheshire, der vor Angst ganz außer sich war, bat inständigst, sich anschließen zu dürfen; aber Mr. Otis wollte es ihm nicht erlauben, da er fürchtete, der junge Herr würde in seiner Aufregung nur stören. Als sie jedoch an die gesuchte Stelle kamen, waren die Zigeuner fort, und zwar war ihr Abschied augenscheinlich ein sehr rascher gewesen, wie das noch brennende Feuer und einige auf dem Grase liegende Teller anzeigten. Nachdem er Washington weiter auf die Suche geschickt hatte, eilte Mr. Otis heim und sandte Depeschen an alle Polizeiposten der Grafschaft, in denen er sie ersuchte, nach einem kleinen Mädchen zu forschen, das von Landstreichern oder Zigeunern entführt worden sei. Dann ließ er sein Pferd satteln, und nachdem er darauf bestanden hatte, daß seine Frau und die beiden Jungen sich zu Tisch setzten, ritt er mit einem Knecht nach Ascot. Aber kaum hatte er ein paar Meilen zurückgelegt, als er jemand hinter sich her galoppieren hörte; es war der junge Herzog, der auf seinem Pony mit erhitztem Gesichte und ohne Hut hinter ihm herkam. „Ich bitte um Verzeihung, Mr. Otis," sagte er atemlos, „aber ich kann nicht zu Abend essen, solange Virginia nicht gefunden ist. Bitte, seien Sie mir nicht böse; wenn Sie voriges Jahr Ihre Einwilligung zu unserer Verlobung gegeben hätten, so würde all diese Sorge uns erspart geblieben sein. Sie schicken mich nicht zurück, nicht wahr? Ich gehe auf jeden Fall mit Ihnen!“

Der Gesandte mußte lächeln über den hübschen Jungen und war wirklich gerührt über seine Liebe zu Virginia; so lehnte er sich denn zu ihm hinüber, klopfte ihm freundlich auf die Schulter und sagte: „Nun gut, Cecil, wenn Sie nicht umkehren wollen, so müssen Sie mit mir kommen, aber dann muß ich Ihnen in Ascot erst einen Hut kaufen.“

„Ach, zum Teufel mit meinem Hut! Ich will Virginia wiederhaben!“ rief der kleine Herzog lachend, und sie ritten weiter nach der Bahnstation.

Dort erkundigte sich Mr. Otis bei dem Stationsvorstand, ob nicht eine junge Dame auf dem Bahnsteig gesehen worden sei, auf welche die Beschreibung von Virginia passe; aber er konnte nichts über sie erfahren. Der Stationsvorstand telegraphierte auf der Strecke hinauf und hinunter und versicherte Mr. Otis, daß man auf das gewissenhafteste recherchieren werde; und nachdem Mr. Otis noch bei einem Schnittwarenhändler, der eben seinen Laden schließen wollte, dem jungen Herzog einen Hut gekauft hatte, ritten sie nach Bexley weiter, einem Dorf, das ungefähr vier Meilen entfernt lag und bei dem die Zigeuner besonders gern ihr Lager aufschlugen, weil es bei einer großen

Wiese lag. Hier weckten sie den Gendarmen, konnten aber nichts von ihm in Erfahrung bringen; und nachdem sie die ganze Gegend abgesucht hatten, mußten sie sich schließlich unverrichteter Dinge auf den Heimweg machen und erreichten todmüde und gebrochenen Herzens um elf Uhr wieder das Schloß. Sie fanden Washington und die Zwillinge am Tor, wo sie mit Laternen gewartet hatten, weil die Allee so dunkel war. Nicht die geringste Spur von Virginia hatte man bisher entdecken können. Man hatte die Zigeuner auf den Wiesen von Brockley eingeholt, aber sie war nicht bei ihnen, und die Zigeuner hatten ihre plötzliche Abreise damit erklärt, daß sie eiligst auf den Jahrmarkt von Chorton hätten müssen, um dort nicht zu spät anzukommen. Es hatte ihnen wirklich herzlich leid getan, von Virginias Verschwinden zu hören, und da sie Mr. Otis dankbar waren, weil er ihnen den Aufenthalt in seinem Park gestattet hatte, so waren vier von der Bande mit zurückgekommen, um sich an der Suche zu beteiligen. Man ließ den Karpfenteich ab und durchsuchte jeden Winkel im Schloß – alles ohne Erfolg. Es war kein Zweifel, Virginia war, wenigstens für diese Nacht, verloren.

In tiefster Niedergeschlagenheit kehrten Mr. Otis und die Jungen in das Haus zurück, während der Knecht mit den beiden Pferden und dem

Pony folgte. In der Halle standen alle Dienstboten aufgeregt beieinander, und auf einem Sofa in der Bibliothek lag die arme Mrs. Otis, die vor Schrecken und Angst fast den Verstand verloren hatte und der die gute alte Haushälterin die Stirn mit Eau de Cologne wusch. Mr. Otis bestand darauf, daß sie etwas esse, und bestellte das Diner für die ganze Familie. Es war eine trübselige Mahlzeit, wo kaum einer ein Wort sprach; sogar die Zwillinge waren vor Schrecken stumm, denn sie liebten ihre Schwester sehr. Als man fertig war, schickte Mr. Otis trotz der dringenden Bitten des jungen Herzogs alle zu Bett, indem er erklärte, daß man jetzt in der Nacht ja doch nichts mehr tun könne, und am nächsten Morgen wolle er sofort nach Scotland Yard telegraphieren, daß man ihnen mehrere Detektive schicken solle. Gerade als man den Speisesaal verließ, schlug die große Turmuhr Mitternacht, und als der letzte Schlag verklungen war, hörte man plötzlich ein furchtbares Gepolter und einen durchdringenden Schrei; ein wilder Donner erschütterte das Haus in seinem Grunde, ein Strom von überirdischer Musik durchzog die Luft, die Wandtäfelung oben an der Treppe flog mit tosendem Lärm zur Seite, und in der Öffnung stand, blaß und weiß, mit einer kleinen Schatulle in der Hand – Virginia! Im Nu waren alle zu ihr hinaufgestürmt. Mrs. Otis preßte sie leidenschaftlich in ihre Arme, der Herzog erstickte sie fast mit seinen Küssen, und die Zwillinge vollführten einen wilden Indianertanz um die Gruppe herum.

„Mein Gott! Kind, wo bist du nur gewesen?" rief Mr. Otis fast etwas ärgerlich, da er glaubte, sie habe sich einen törichten Scherz mit ihnen erlaubt. „Cecil und ich sind meilenweit über Land geritten, dich zu suchen, und deine Mutter hat sich zu Tode geängstigt. Du mußt nie wieder solche dummen Streiche machen."

„Nur das Gespenst darfst du foppen, nur das Gespenst!" schrieen die Zwillinge und sprangen umher wie verrückt.

„Mein Liebling, Gott sei Dank, daß wir dich wiederhaben, du darfst nie wieder von meiner Seite“, sagte Mrs. Otis zärtlich, während sie die zitternde Virginia küßte und ihr die langen zerzausten Locken glatt strich.

„Papa,“ sagte Virginia ruhig, „ich war bei dem Gespenst. Es ist tot, und du mußt kommen, es zu sehen. Es ist in seinem Leben ein schlechter Mensch gewesen, aber es hat alle seine Sünden bereut, und ehe es starb, gab es mir diese Schatulle mit sehr kostbaren Juwelen.“

Die ganze Familie starrte sie lautlos verwundert an, aber sie sprach in vollem Ernst, wandte sich um und führte sie durch die Öffnung in der Wandtäfelung einen engen geheimen Korridor entlang; Washington folgte mit einem Licht, das er vom Tisch genommen hatte. Endlich gelangten sie zu einer schweren eichenen Tür, die ganz mit rostigen Nägeln beschlagen war. Als Virginia sie berührte, flog sie in ihren schweren Angeln zurück, und man befand sich in einem kleinen niedrigen Zimmer mit gewölbter Decke und einem vergitterten Fenster; ein schwerer eiserner Ring war in die Wand eingelassen, und daran angekettet lag ein riesiges Skelett, das der Länge nach auf dem steinernen Boden ausgestreckt war und mit seinen langen fleischlosen Fingern nach einem altmodischen Krug und Teller zu greifen versuchte, die man aber gerade so weit gestellt hatte, daß die Hand sie nicht erreichen konnte. Der Krug war wohl einmal mit Wasser gefüllt gewesen, denn innen war er ganz mit grünem Schimmel überzogen. Auf dem Zinnteller lag nur ein Häufchen Staub. Virginia kniete neben dem Skelett nieder, faltete ihre kleinen Hände und betete still, während die übrigen mit Staunen die grausige Tragödie betrachteten, deren Geheimnis ihnen nun enthüllt war.

„Schaut doch!“ rief plötzlich einer der Zwillinge, der aus dem Fenster gesehen hatte, um sich über die Lage des Zimmers zu orientieren. „Schaut doch! Der alte verdorrte Mandelbaum blüht ja! Ich kann die Blüten ganz deutlich im Mondlicht sehn."

„Gott hat ihm vergeben!" sagte Virginia ernst, als sie sich erhob, und ihr Gesicht strahlte in unschuldiger Freude.

„Du bist ein Engel!" rief der junge Herzog, schloß sie in seine Arme und küßte sie.

Vier Tage nach diesen höchst wunderbaren Ereignissen verließ ein Trauerzug nachts um elf Uhr Schloß Canterville. Den Leichenwagen zogen acht schwarze Pferde, von denen jedes einen großen Panaché von nickenden Straußenfedern auf dem Kopfe trug, und der bleierne Sarg war mit einer kostbaren purpurnen Decke verhangen, auf welcher das Wappen derer von Canterville in Gold gestickt war. Neben dem Wagen her schritten die Diener mit brennenden Fackeln, und der ganze Zug machte einen äußerst feierlichen Eindruck. Lord Canterville als der Hauptleidtragende war zu diesem Begräbnis extra von Wales gekommen und saß im ersten Wagen neben der kleinen Virginia. Dann kamen der Gesandte der Vereinigten Staaten und seine Gemahlin, danach Washington und die zwei Jungen, und im letzten Wagen saß Mrs. Umney, die alte Wirtschafterin, ganz allein. Man hatte die Empfindung gehabt, daß sie, nachdem sie mehr als fünfzig Jahre ihres Lebens durch das Gespenst erschreckt worden war, nun auch ein

Recht hätte, seiner Beerdigung beizuwohnen. In der Ecke des Friedhofes war ein tiefes Grab gegraben gerade unter der Trauerweide, und Hochwürden Augustus Dampier hielt eine höchst eindrucksvolle Grabrede. Als die Zeremonie vorüber war, löschten die Diener, einer alten Familiensitte der Canterville gemäß, ihre Fackeln aus, und während der Sarg in das Grab hinuntergelassen wurde, trat Virginia vor und legte ein großes Kreuz aus weißen und rosafarbnen Mandelblüten darauf nieder. Inzwischen kam der Mond hinter einer Wolke hervor und übersilberte den kleinen Friedhof, und im Gebüsch flötete eine Nachtigall. Virginia dachte an des Gespenstes Beschreibung vom Garten des Todes, ihre Augen füllten sich mit Tränen, und sie sprach auf der Rückfahrt nicht ein Wort.

Am nächsten Morgen hatte Mr. Otis mit Lord Canterville vor dessen Rückkehr nach London eine Unterredung wegen der Juwelen, welche das Gespenst Virginia gegeben hatte. Sie waren von ganz hervorragender Schönheit, besonders ein Halsschmuck von Rubinen in altvenezianischer Fassung, ein Meisterwerk der Kunst des sechzehnten Jahrhunderts, und so wertvoll, daß Mr. Otis zögerte, seiner Tochter zu erlauben, sie anzunehmen. „Mylord," sagte er, „ich weiß sehr wohl, daß sich in diesem Lande die Erbfolge ebensowohl auf den Familienschmuck wie auf den Grundbesitz erstreckt, und ich bin dessen ganz sicher, daß diese Juwelen ein Erbstück Ihrer Familie sind oder doch sein sollten. Ich muß Sie demgemäß bitten, die Pretiosen mit nach London zu nehmen und sie lediglich als einen Teil Ihres Eigentums zu betrachten, der unter allerdings höchst wunderbaren Umständen wieder in Ihren Besitz zurückgelangt ist. Was meine Tochter betrifft, so ist diese ja noch ein Kind und hat, wie ich mich freue sagen zu können, nur wenig Interesse an solchen Luxusgegenständen. Mrs. Otis, die, wie man wohl sagen kann, eine Autorität in Kunstsachen ist – da sie den großen Vorzug genossen hat, als junges Mädchen mehrere Winter in Boston zu verleben –, Mrs. Otis sagte mir, daß diese Juwelen einen sehr bedeutenden Wert repräsentieren und sich ganz vorzüglich verkaufen würden. Unter diesen Umständen bin ich überzeugt, Lord Canterville, daß Sie einsehen werden, wie unmöglich es für mich ist, einem Mitglied meiner Familie zu erlauben, in dem Besitz der Juwelen zu bleiben, und endlich ist dieser eitle Putz und Tand und dieses glänzende Spielzeug, so passend und notwendig es auch zur Würde der britischen Aristokratie zu gehören scheint, doch unter jenen niemals recht am Platze, die in den strengen und, wie ich bestimmt glaube, unsterblichen Grundsätzen republikanischer Einfachheit erzogen sind. Vielleicht sollte ich noch erwähnen, daß Virginia sehr gern die Schatulle selbst behalten möchte, als Erinnerung an Ihren unglücklichen, irregeleiteten Vorfahren. Da dieselbe sehr alt und in einem Zustande großer Reparaturbedürftigkeit zu sein scheint, so werden Sie es vielleicht angemessen finden, der Bitte meiner Kleinen zu willfahren. Ich für mein Teil muß allerdings gestehen, daß ich außerordentlich erstaunt bin, eins von meinen Kindern Sympathie mit dem Mittelalter in irgendeiner Gestalt empfinden zu sehen, und ich kann mir das nicht anders als dadurch erklären, daß Virginia in einer Ihrer Londoner Vorstädte geboren wurde, kurz nachdem Mrs. Otis von einer Reise nach Athen zurückgekehrt war."

Lord Canterville hörte der langen Rede des würdigen Gesandten aufmerksam zu, während er sich ab und zu den langen grauen Schnurrbart strich, um ein unwillkürliches Lächeln zu verbergen; und als Mr. Otis schwieg, schüttelte er ihm herzlich die Hand und sagte: „Mein lieber Mr. Otis, Ihre entzückende kleine Tochter hat meinem unglücklichen Vorfahren, Sir Simon, einen höchst wichtigen Dienst geleistet, und meine Familie und ich sind ihr für den bewiesenen erstaunlichen Mut zu sehr großem Dank verpflichtet. Ganz zweifellos sind die Juwelen Miß Virginias Eigentum; und wahrhaftig, ich glaube: wäre ich herzlos genug, sie ihr wegzunehmen, der böse alte Bursche würde noch diese Woche wieder aus seinem Grabe aufstehen und mir das Leben hier zur Hölle machen. Und was den Begriff Erbstück anbelangt, so ist nichts ein Erbstück, was nicht mit diesem Ausdruck in einem Testament oder sonst einem rechtskräftigen Schriftstück also bezeichnet ist, und von der Existenz dieser Juwelen ist nichts bekannt gewesen. Ich versichere Sie, daß ich nicht mehr Anspruch auf sie habe als Ihr Kammerdiener, und wenn Miß

Virginia erwachsen ist, so wird sie, meine ich, doch ganz gern solche hübschen Sachen tragen. Außerdem vergessen Sie ganz, Mr. Otis, daß Sie ja damals die ganze Einrichtung und das Gespenst mit dazu übernommen haben, und alles, was zu dem Besitztum des Gespenstes gehörte, wurde damit Ihr Eigentum, und was auch Sir Simon für eine merkwürdige Tätigkeit nachts auf dem Korridor entfaltet haben mag, vom Standpunkt des Gesetzes aus war er absolut tot, und somit erwarben Sie durch Kauf sein Eigentum."

Mr. Otis war anfangs wirklich verstimmt, daß Lord Canterville auf sein Verlangen nicht eingehen wollte, und bat ihn, seine Entscheidung nochmals zu überlegen; aber der gutmütige Lord war fest entschlossen und überredete schließlich den Gesandten, seiner Tochter doch zu erlauben, das Geschenk des Gespenstes zu behalten; und als im Frühjahr 1890 die junge Herzogin von Cheshire bei Gelegenheit ihrer Hochzeit bei Hofe vorgestellt wurde, erregten ihre Juwelen die allgemeine Bewunderung. Denn Virginia bekam wirklich und tatsächlich eine Krone in ihr Wappen, was die Belohnung für alle braven kleinen Amerikanerinnen ist, und heiratete ihren jugendlichen Bewerber, sobald sie mündig geworden war. Sie waren ein so entzückendes Paar und liebten einander so sehr, daß jeder sich über die Heirat freute, jeder außer der Herzogin von Dumbleton – die den jungen Herzog gern für eine ihrer sieben unverheirateten Töchter gekapert hätte und nicht weniger als drei sehr teure Diners zu dem Zweck gegeben hatte – und wunderbarerweise auch außer Mr. Otis selber. Mr. Otis hatte den jungen Herzog persönlich sehr gern, aber in der Theorie waren ihm alle Titel zuwider, und „er war", um seine eigenen Worte zu gebrauchen, „nicht ohne Besorgnis, daß inmitten der entnervenden Einflüsse der vergnügungssüchtigen englischen Aristokratie die einzig wahren Grundsätze republikanischer Einfachheit vergessen werden würden“. Sein Widerstand wurde jedoch völlig besiegt, und ich glaube, daß es, als er in St. Georges Hanover Square mit seiner Tochter am Arm durch die Kirche schritt, keinen stolzeren Mann in ganz England gab als ihn.

Der Herzog und seine junge Frau kamen nach den Flitterwochen auf Schloß Canterville, und am Tage nach ihrer Ankunft gingen sie des Nachmittags zu dem kleinen einsamen Friedhof unter den Tannen. Man hatte erst über die Inschrift auf Sir Simons Grabstein nicht schlüssig werden können, und nach vielen Schwierigkeiten war dann entschieden worden, nur die Initialen seines Namens und den Vers vom

Fenster der Bibliothek eingravieren zu lassen. Die Herzogin hatte wundervolle Rosen mitgebracht, die sie auf das Grab streute, und nachdem sie eine Zeitlang stillgestanden hatten, schlenderten sie weiter zu der halbverfallenen Kanzel in der alten Abtei. Dort setzte sich Virginia auf eine der umgestürzten Säulen; ihr Mann legte sich ihr zu Füßen in das Gras, rauchte eine Zigarette und blickte ihr verliebt und glücklich in die schönen Augen. Plötzlich warf er seine Zigarette weg, ergriff ihre Hand und sagte: „Virginia, eine Frau sollte keine Geheimnisse vor ihrem Mann haben!"

„Aber lieber Cecil! ich habe doch keine Geheimnisse vor dir."

„Doch, das hast du,“ antwortete er lächelnd, „du hast mir nie gesagt, was dir begegnet ist, als du mit dem Gespenst verschwunden warst.“

„Das habe ich niemandem gesagt“, erwiderte Virginia ernst.

„Das weiß ich, aber du könntest es mir jetzt doch sagen.“

„Bitte, verlange das nicht von mir, Cecil, denn ich kann es dir nicht sagen ... Der arme Sir Simon! Ich bin ihm zu so großem Danke verpflichtet. Ja, da brauchst du nicht zu lachen, Cecil, es ist wirklich wahr. Er hat mich einsehen gelehrt, was das Leben ist und was der Tod bedeutet und warum die Liebe stärker ist als beide zusammen.“

Der Herzog stand auf und küßte seine junge Frau sehr zärtlich. „Du kannst dein Geheimnis behalten, solange mir nur dein Herz gehört“, sagte er leise.

„Das Herz hat dir schon immer gehört, Cecil.“

„Aber unsern Kindern wirst du einst dein Geheimnis sagen, nicht wahr?“

Virginia errötete …